Texte et illustrations de Ginette Anfousse

La grande aventure

la courte échelle

Les éditions de la courte échelle inc.
5243, boul. Saint-Laurent
Montréal (Québec) H2T 1S4
www.courteechelle.com

Conception graphique :
Elastik

Dépôt légal, 1er trimestre 2009
Bibliothèque nationale du Québec

La courte échelle reconnaît l'aide financière du gouvernement du Canada
par l'entremise du Programme d'aide au développement de l'industrie de l'édition
pour ses activités d'édition. La courte échelle est aussi inscrite au programme
de subvention globale du Conseil des Arts du Canada et reçoit l'appui
du gouvernement du Québec par l'intermédiaire de la SODEC.

La courte échelle bénéficie également du Programme de crédit d'impôt
pour l'édition de livres — Gestion SODEC — du gouvernement du Québec.

**Catalogage avant publication de Bibliothèque et Archives nationales
du Québec et Bibliothèque et Archives Canada**

Anfousse, Ginette

La grande aventure

(Série Jiji et Pichou)
(Collection Album)
Éd. originale : 1990.
Pour enfants de 3 à 5 ans.

ISBN 978-2-89651-112-9 (br.)
ISBN 978-2-89651-263-8 (rel.)

I. Titre.

PS8551.N42G73 2009   jC843'.54   C2008-941592-2
PS9551.N42G73 2009

Imprimé en Chine

Ce n'est pas drôle !

Pas drôle de toujours devoir faire son lit !
De toujours ramasser ses traîneries !

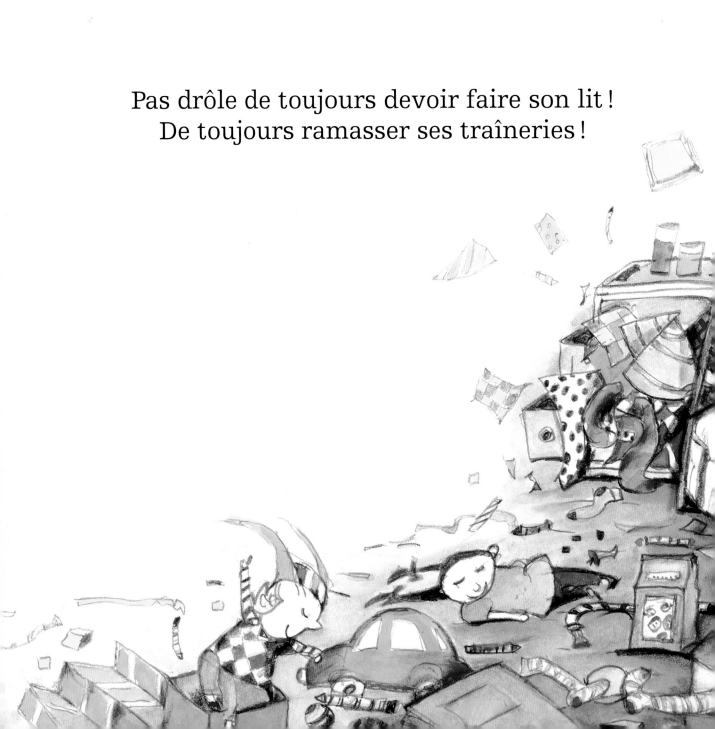

Toujours, toujours
ranger ses avions, ses
crayons, ses ballons,
ses Lego, ses poupées,
ses gants de boxe,
ses pistolets à eau.

Ce n'est pas drôle de toujours plier
ses mitaines, ses couvertures de laine,
ses caleçons, ses pantalons, ses chaussons.

Pas drôle de toujours décoller ses vieilles
gommes. De toujours ramasser ses pelures
de bananes, ses miettes de biscuits,
ses vieux cœurs de pommes.

Dis, Pichou, si on oubliait le ménage
et si on quittait la maison pour toujours ?

Ce serait la GRANDE AVENTURE.
Et mon père et ma mère
s'ennuieraient beaucoup.

Mais avant de partir, il faut faire
sa valise et penser à tout.

D'abord penser à la faim et apporter un gros
sac de biscuits aux brisures de chocolat.

Penser à l'ennui et apporter ses avions,
ses crayons, ses ballons, ses Lego, ses poupées,
ses gants de boxe, ses pistolets à eau.

Penser au froid et apporter ses mitaines,
ses couvertures de laine, ses caleçons,
ses pantalons, ses chaussons.

Enfin, Pichou, pour aller très loin au bout du monde, il faut toujours apporter sa tirelire et… sa bouée de sauvetage.

Parce qu'après avoir roulé longtemps
en autobus il nous faudra prendre un bateau.
Sur la mer, il y aura une tempête terrible…
le bateau fera naufrage !

Poursuivis par une bande
de requins, on nagera tous les
deux jusqu'à une île sauvage....

Si sauvage, Pichou, que je devrai
te défendre contre six tigres
affamés, trois lionnes enragées
et un long-long-long-python.

Enfin, mon pauvre petit bébé tamanoir-
mangeur-de-fourmis-pour-vrai, quand
la nuit sera venue et que mille yeux féroces
nous fixeront dans le noir, pour te consoler,
je te chanterai une chanson.

Tu vois, Pichou, ce n'est pas si terrible
de partir quand on a pensé à tout.

Hum ! Hum !

Je pense qu'on devrait
partir un autre jour !